Dépôt légal octobre 1991
ISBN 2.261.03007.X
Imprimé en France
par Mame Imprimeurs à Tours
Conforme à la loi n° 49956 du 16 juillet 1949
sur les publications destinées à la jeunesse

Leroux Lénaïk

LE BATELIER DU NIL

CLAUDE CLEMENT
GEORGES LEMOINE

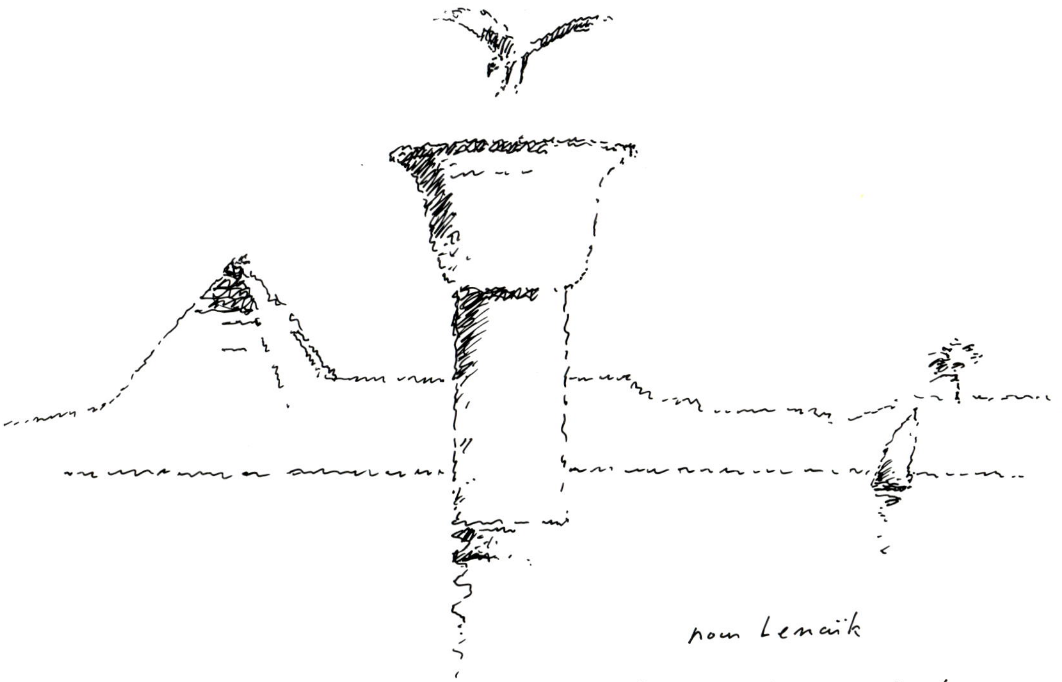

pour Lénaïk
En pensées amicales
Georges Lemoine

le 30 Nov 1991

ATELIER
ROUGE & OR

Au commencement était le fleuve.
C'est de lui qu'était née l'herbe sous le soleil, et ces oiseaux fuyant au ras de flots tranquilles, ces buffles accablés de chaleur et d'insectes qui trempaient leur corps lourd dans la boue du rivage.
C'est de lui que venait toute vie.
Le Nil n'avait ni commencement ni fin.
Hors de ses rives, le désert accumulait à l'infini l'or brûlant de ses sables et ses montagnes nues aux cascades de pierres. Ainsi songeait l'enfant, batelier de Nubie, en guidant sa felouque parmi les rochers plats et les touffes de joncs.

Lui-même,
paraît-il, naquit un jour du fleuve,
flottant dans un panier de fins roseaux
tressés. Une femme l'y avait cueilli
au milieu d'une poignée d'herbes
et de linges mouillés.
Elle l'avait nourri, soigné
quelques années, avant de s'en aller
dans un monde sans larmes, sans peines,
sans travaux qui durcissaient les mains
et ravinaient le cœur.
Il était resté seul.
Un homme l'employait à mener
sa felouque d'un bord du Nil à l'autre,
à transporter des jarres, des fruits,
des animaux...
Parfois, des passagers.

Le soir venu,
quand les autres enfants s'égayaient,
insouciants, dans les rues du village,
s'amusant à chiper aux boutiquiers
braillards des graines de pastèque,
des dattes, des bananes, le garçon
s'éloignait hors des murs de pisé,
emportant son repas au désert attiédi
tout baigné de silence.
Accroupi sur le sol, il voyait ciel et terre
se mêler en fusion dans un déluge ardent
de pourpre et d'or cuivré.
Ce soir-là, avec un cri sauvage,
un faucon s'élança du disque du soleil.

L'oiseau
vint se poser sur un rocher brisé.
Et l'enfant entreprit de s'en faire un ami.
Il lui lança, prudent, un bout de viande
sèche que le rapace dévora, déchiquetant
du bec la chair noire et durcie.
Le faucon s'envola.
L'enfant rentra chez lui.
Chacun des soirs suivants, tous deux
se retrouvèrent aux portes de la nuit.
Bientôt, l'oiseau ne quitta plus l'épaule
du garçon que pour aller chasser.

Un matin, dans la felouque, embarqua un curieux passager : un Anglais excentrique et un peu dur d'oreille. Il désirait que le garçon l'emmenât vers des endroits notés sur un plan déployé.

Le jeune batelier hissa la voile au gré de ce caprice, écoutant le vieil homme lui conter les histoires d'un étrange passé.

L'Anglais parla de temples, de divinités, de pharaons puissants et d'animaux sacrés.

Montrant du doigt l'oiseau, près du cou de l'enfant, il le nomma Horus, Seigneur de l'Horizon.

Remontant le courant, ils voguèrent tous trois en quête de merveilles sur les rives du fleuve.

Ensemble,
ils dérivèrent sur les eaux d'un barrage
entouré de montagnes.
Ainsi qu'une marée à jamais suspendue,
le lac engloutissait un temple de granit.
Des colonnes émergeaient et leurs têtes
feuillues semblaient crier à l'aide.
Le vieil Anglais pleura ce trésor englouti
et l'enfant s'étonna de sa tristesse vaine.

Redescendant
le Nil de jour comme de nuit,
ils arrimèrent bien des fois la felouque
près de temples dressés en bordure
du fleuve. Alors, le savant
et son compagnon, l'oiseau sur une épaule,
marchant dans la poussière
le long d'allées brûlantes
sous le regard des sphynx,
s'en allaient bavarder à l'ombre
des colosses.
Au fil des pas, au fil des mots,
l'archéologue anglais insufflait à l'enfant
son amour de la pierre. Mais le garçon
se demandait encore quelle folie poussait
un vieil homme épuisé à cheminer
longtemps sous l'ardeur du soleil
au risque d'y user et son souffle et sa vie.
Un jour, devant l'entrée d'un sombre
sanctuaire, ils virent le faucon s'envoler
dans le ciel avant de revenir, planer
et se poser sur son double géant taillé
dans le basalte.

Puis
l'oiseau les guida vers la Vallée des Rois.
Des tombes s'y cachaient, enfouies
sous la terre. Au fond de leurs couloirs
secrets, dans le silence et les ténèbres,
gisaient les princes et leurs trésors.
Le jeune batelier vit son ami gratter
le sol plein de rocailles et briser un outil.
Une pierre roula... Un serpent se dressa,
menaçant le vieil homme.
Le faucon s'élança pour tuer le reptile.
L'Anglais creusa encore, obstiné,
suffoquant, les doigts ensanglantés.
Lorsque la nuit tomba,
l'enfant qui l'épaulait s'allongea,
fatigué, sur le sable, écoutant étonné
le souffle pitoyable, les pesants coups
de pioche, le râclement des ongles
qui remuaient la terre,
tandis que gémissaient au loin
les pierres chaudes et hurlaient
les chacals.

A l'aube,
un cri de joie éveilla le garçon.
Devant l'archéologue épuisé, à genoux,
une tombe s'ouvrait, noire, fraîche, béant
sur un long escalier sinuant sur le sol.
Tous deux y pénétrèrent, un flambeau
à la main. Au rythme de leurs pas,
sous leurs yeux, s'éclairèrent les images
des dieux et l'ocre des visages de femmes
apprêtées pour un banquet durant
toute une éternité.
Sur la dernière marche, l'Anglais
eut un soupir et toute la tristesse
qui l'avait accablé près du temple englouti
sembla le submerger à nouveau
d'un seul coup.
Au fond du labyrinthe, sur la chambre
du roi déserte et profanée, le sceau était
brisé. Il ne restait plus rien, ni cercueil,
ni trésor, pas même une statue
qui pût ressusciter le moindre souvenir.

Alors qu'ils rembarquaient sur le fleuve paisible, le faucon s'agrippa au mât de la felouque et, de son bec, tomba un scarabée d'argent, de jade et de turquoise.
L'Anglais examina de plus près la trouvaille, l'offrit au batelier et dit en souriant :
— Tiens ! Ce sera pour toi le prix de ce voyage...
L'enfant ferma ses doigts sur l'insecte précieux comme pour empêcher les mots de s'envoler et les rêves passés de retomber en poussière.

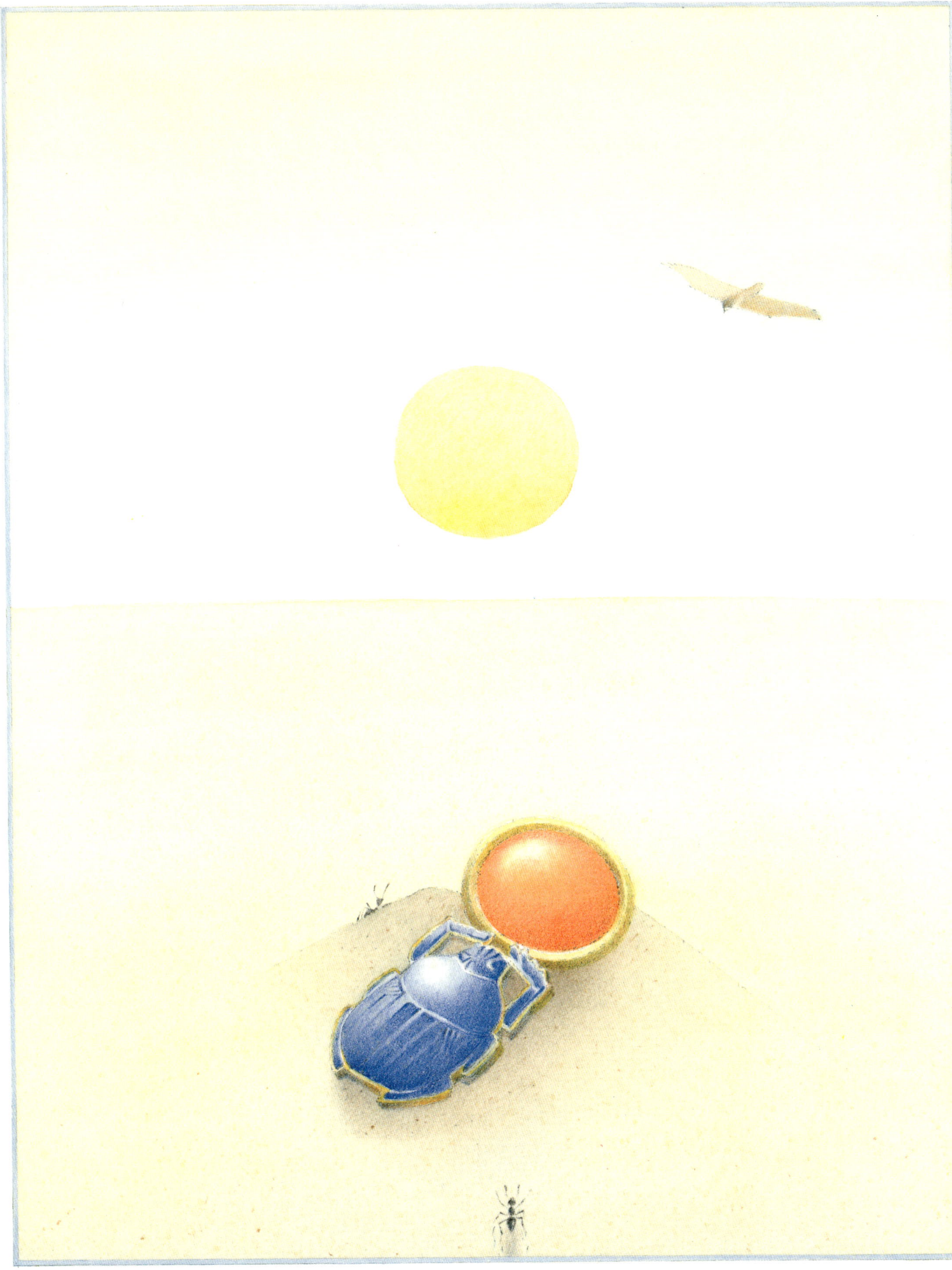

Le chemin
du retour fut lent et silencieux.
Contre le quai de bois envahi de curieux,
un vapeur attendait le dernier étranger
avant de repartir vers le delta du fleuve
où un autre navire affronterait la mer.
Près de la passerelle, l'Anglais
se retourna et cria au garçon :
— Pourquoi ne viens-tu pas ?
Je t'offrirai mes livres !
Lorsque nous reviendrons, tu sauras
mieux que moi l'histoire et les légendes
de tout ce monde éteint,
étouffé sous le sable...

Alors lui,
l'orphelin, batelier de Nubie,
traversa le village où nul ne l'attendait.
Haletant, il parvint dans le désert torride.
Tendant au ciel le poing, il lâcha
le faucon qui rejoignit sans peine
le disque du soleil de quelques battements
de ses ailes puissantes.
Et l'oiseau disparut.
Et le garçon partit.